LA RAPIDITÉ
DE LA VIE,
PIECE

QUI A EU L'*ACCESSIT* DU PRIX
de l'Académie Françoise en 1766.

Par M. * * *.

Vita brevis.
Nous n'avons qu'un inſtant à demeurer enſemble.

A PARIS,
Chez REGNARD, Imprimeur de l'Académie
Françoiſe, Grand'Salle du Palais, à la
Providence, & rue baſſe des Urſins.

M. DCC. LXVI.

LA
RAPIDITÉ DE LA VIE.

LE jour va reparoître : écoute, ami fidelle,
Et reconnois la voix d'un ami qui t'appelle.
Tandis que nous dormons dans l'ombre de la nuit,
Le temps brise sa chaîne, il s'échappe & s'enfuit.
Cette nuit, qui du haut de son char taciturne,
Paisible, répandoit les pavots de son urne,
Fuit devant le Soleil : l'Astre de l'Univers
S'élève & va s'asseoir sur le trône des airs.
C'est ainsi que, suivant la pente qui l'attire,
L'homme vers le tombeau pas à pas se retire.

Qu'est devenu ce temps, cette heureuse saison,
Où l'enfant libre encor du joug de la raison,

Courant par-tout gaîment , sans soins & sans alar-
  mes,

N'a point encore appris à répandre des larmes?

Il vit près des vieillards sans connoître le temps ,

Et tenant par la main son père aux cheveux blancs,

Il le contemple : hélas! son heureuse ignorance

Ne conçoit point des ans la triste différence!

Tendre ami , que cet âge est dejà loin de nous !

Ainsi des citoyens qu'un despote en courroux,

Du tranquille séjour d'une aimable patrie,

Envoyoit aux déserts de l'affreuse Scythie,

Entraînés par la main des farouches soldats,

Tristes , s'éloignoient d'elle en lui tendant les bras,

De l'homme infortuné le redoutable maître

Nous bannit tous du monde où ses loix nous font
  naître.

Nos vœux sont insensés, nos efforts impuissans ;

Nul ne s'est échappé de l'abyme des temps.

Il n'est point de retraite où le fier Alexandre

De l'outrage des ans ait pu sauver sa cendre.

Où courent ces Amans ? Ce couple infortuné

Ignore à quels malheurs le Ciel l'a condamné.

Il franchit d'un pas sûr l'immensité de l'onde;
Il vole en s'adorant au sein d'un nouveau monde,
Et court se reposer au milieu d'un désert.
Là, seuls sur le tapis d'un gason toujours vert,
Ils goûtoient des plaisirs qu'approuvoit l'innocence.
Mais l'effroyable mort que leur bonheur offense,
Les voit, & sur l'un d'eux vient fondre avec fureur.
L'épouse est languissante; elle expire : ô douleur!
L'époux troublé s'écrie, & d'une main tremblante,
Essaye à ranimer sa malheureuse amante :
Il l'embrasse, il lui parle : inutiles regrets!
Hélas! ses yeux éteints sont fermés pour jamais.
Alors poussant des cris qu'elle ne peut entendre,
Dans la tombe en pleurant il la laisse descendre,
Et sous un peu de terre il la dérobe au jour :
Déplorable bienfait qu'exige son amour!
Que ce triste récit se grave en ta mémoire,
O mortel, dans ces vers j'ai tracé ton histoire.
Foibles, toujours plaintifs, accablés de douleurs,
Nous gémissons ensemble & nous mêlons nos
        pleurs,
Infortunés jouets d'une invisible chaîne,
Qui nous laisse aborder & soudain nous entraîne:

Et nos embraſſemens, vains gages de nos feux,
Ne ſont, triſtes humains, que d'éternels adieux.
Cette vie inconſtante eſt un éclair qui paſſe,
Brille, fuit, diſparoît, ſans laiſſer nulle trace,
Tandis que ſur ſon poids la grande éternité
Se préſente immobile à l'œil épouvanté.

Jadis lorſque d'un Dieu la ſuprême puiſſance
Du chaos enleva cet Univers immenſe,
Tous les êtres naiſſans raſſemblés au haſard,
Tout s'apprête, ſe meut, tout s'élance, tout part :
Tous ces globes peſans, aveugles & ſtupides,
Cherchent leur place, errans ſans lumière & ſans
        guides,
En déſordre jetés dans l'abyme des cieux :
Soudain le temps naquit & courut après eux :
Lui ſeul les conduit tous dans leur marche éton-
        nante,
Il s'appuie, il émeut leur maſſe énorme & lente.
Sur la tête de l'homme il courut ſe placer :
Il pourſuit, il atteint, ſans jamais ſe laſſer,
L'oiſeau prompt qui fend l'air de ſon aîle rapide.
Dans ſa courſe arrêté le lion intrépide,

A la démarche fière, au terrible regard,
Étonné, s'affoiblit & se change en vieillard.
L'homme marche au tombeau, le reptile s'y
    traîne.
Le temps également frappe, maîtrise, enchaîne
Le taureau qui bondit par l'amour excité,
Le bœuf dont l'œil pesant méconnoît la beauté;
L'insecte qui se cache, & l'éléphant superbe:
L'un succombe à grand bruit, l'autre expire sous
    l'herbe.
Tous les êtres par-tout en foule renaissans,
Tombent de toutes parts les victimes du temps:
Nul ne peut l'éviter, sa main terrible & sûre
Les saisit en sortant des mains de la nature.
Il entraîne après soi d'une égale fureur,
Et le sage paisible, & le fier oppresseur.

Sur le monde changeant tout fuit; un être passe,
Un autre lui succède & paroît à sa place,
Tandis que le Soleil recommençant son cours,
Sur les tristes tombeaux répand encor des jours.
Il vit cet Alexandre au milieu des orages,
Se montrant follement sur de lointains rivages

A des Peuples fans nombre étonnés de le voir;
Il vit le fier César fe lever plein d'efpoir,
Le jour que ce guerrier traverfant l'Italie,
En triomphe apporta des fers à fa Patrie :
Mais il vit tout-à-coup ces tyrans enchaînés,
Dans un fépulcre étroit defcendre emprifonnés.
C'eft ici qu'au milieu d'une foule infenfée,
Sur leurs pas glorieux en tumulte amaffée,
Entourés de foldats, ces vainqueurs tout fanglans,
Traînoient après un char leurs ennemis tremblans.
Là, Socrate appuyé fur fa feule innocence,
Mourut victorieux des traits de la vengeance ;
Tranquille & jouiffant de toute fa raifon,
Il but d'un œil ferein le coupable poifon.
Ici, le couple heureux de deux amans fidelles,
Brûla fous ces bofquets de flammes mutuelles ;
Leurs noms, que dans un chiffre, emblème de
       leurs feux,
L'amour en folâtrant affembloit auprès d'eux,
Au naufrage des temps dérobant cette hiftoire,
De leur bonheur du moins ont fauvé la mémoire.
Mais hélas ! de ces lieux ils ont fui pour jamais,
Le temps les a chaffés du fein de leurs palais.

Leurs noms sourds & muets dans un profond silence,
Remplacent tristement leur éternelle absence.
La mort, l'aveugle mort, de ses traits meurtriers,
Poursuit & les Amans, le Sage & les Guerriers.

Oui, tout meurt, & le pauvre au sein de l'indigence,
Peut du riche arrogant menacer l'insolence.
Je te rends grace, ô Ciel, la mort est pour tous
    deux.
Le riche la rencontre en ses palais pompeux ;
Tous deux d'un pas égal rentrent dans la poussière,
Cet espoir accompagne au bout de sa carrière
Ce vieillard qui ployé sous le fardeau des ans,
Sur les pas de Crésus se traîne en cheveux blancs,
Et tend à ses côtés une main défaillante.
Vois ce voluptueux à la marche indolente,
Dont le cœur languissant, lassé de faux plaisirs,
Rappelle en vain ses goûts, cherche en vain des
    désirs.
Tous vont remettre aux mains du Monarque su-
    prême ;
Le Pauvre ses lambeaux, le Roi son diadême.

La tombe épouvantable ouverte fous nos yeux,
Se remplit tous les jours de mille ambitieux.
En voilà cependant qui fur la mer profonde
Courent s'enfevelir au fein d'un nouveau monde;
Inquiets, agités & fuyant le repos,
A travers les écueils ils volent fur les flots:
Jamais le doux fommeil confolant leur misère,
N'eft venu rafraîchir leur brûlante paupière.
C'eft l'or qui les attire; ils maudiffent les flancs
Qui le cachent fans ceffe à leurs emportemens.
Ils fuivroient, s'ils l'ofoient, dans leurs profonds
        abymes,
Ces mortels condamnés, déplorables victimes,
Qui renfermés au fond de ces noirs fouterrains,
Efclaves malheureux fervent l'or aux humains.
Mais à peine ils ont pu le faifir & le prendre,
Que la mort auffi-tôt les condamne à le rendre.

Damon, de l'Amérique arrivé dans ces lieux,
De fon luxe infolent importunoit les yeux:
Un brigand, qui la nuit l'épioit en filence,
D'un recoin ténébreux fort & fur lui s'élance:

Son sein reçoit le fer dont il se sent blessé ;
Foible, il repousse encor la main qui l'a percé.
Le barbare triomphe, & panché sur sa proie,
Il contemple d'un œil plein d'une horrible joie,
Le mortel malheureux qui gémit & se plaint,
Expire & cède au coup dont son cœur est atteint.

Chasse, imprudent mortel, l'erreur qui t'environne,
Mets à profit le jour que le Ciel t'abandonne :
Crois-tu dans cet instant que les Dieux t'ont prêté,
Tenir entre tes mains l'immense éternité ?
Réprime de tes vœux l'imprudente saillie,
Impose à tes désirs les bornes de ta vie.
N'imite point ces fous qui dans leurs vains projets
Sont toujours entourés de faste & de palais,
Et qui traînant par-tout leurs honteuses entraves,
Emprisonnent cet or dont ils sont les esclaves.
Je crois voir des enfans ennemis du repos,
Assembler de la fange, & dans leurs vains travaux
Avec rivalité s'empresser à construire
Une frêle maison que les vents vont détruire.
Eh ! pourquoi rechercher ces frivoles honneurs ?
Le trépas est affreux quand on perd des grandeurs.

Philippe est mon Héros, je l'aime, je l'admire ;
Il trembloit en montant au faîte de l'Empire.
Des écueils de la Cour ce Prince fut instruit :
Dans sa chambre en secret tous les jours introduit
Un esclave chargé d'un emploi respectable,
Crioit, en l'éveillant, d'une voix formidable :
» Seigneur, souvenez-vous que vous êtes mortel ;
» Que ce jour ne vous voie injuste ni cruel !
O vous qui, les yeux ceints d'un bandeau qu'on
      leur laisse,
Errez dans vos palais, environnés sans cesse
De tous ces vils flatteurs dont les perfides mains
Détournent tous vos pas loin des tristes Humains ;
Vous n'entendez jamais ce sévère Ministre.
O Rois, je suis pour vous ce confident sinistre ;
Je vous l'annonce ici : le temps, du même poids
Qu'il impose aux mortels, charge le front des Rois.
Vous n'êtes point des Dieux ; non, malgré votre
      gloire,
Il ment, le vil flatteur qui vous l'a fait accroire.

Tu ne le croyois point, ô Prince infortuné,
Hélas ! que de tes jours le terme fût borné !

Infenfible à nos vœux, la mort avec furie
Te reprit cet inftant que l'on nomme la vie.
Le vieillard s'écrioit, en répandant des pleurs,
» Nos enfans euffent vu ce Prince fans flatteurs
» Sur le Trône, éclairé d'une raifon fublime,
» Ami de l'innocence, & fier tyran du crime.
Ainfi la vérité parle au tombeau des Grands,
Elle honore les bons, elle infulte aux méchans.
Tu laiffas parmi nous une immortelle gloire:
Le fage qui s'éteint renaît dans la mémoire.

Toi qui lis dans nos cœurs, qui connois nos def-
 feins,
Qui vois naître & mourir tous les foibles humains,
Extermine, grand Dieu, le crime en fa naiffance,
Arrête le coupable aux bornes de l'enfance,
Renverfe entre fes mains la coupe du bonheur;
Dieu jufte, c'eft à lui qu'appartient le malheur:
Que l'innocence règne en tous lieux révérée,
De fes tranquilles jours allonge la durée,
Et qu'à nos yeux enfin fatisfaits & contens,
La paifible vertu fe montre en cheveux blancs.

Il a péri ce Grand, dont l'orgueil imbécille,
Végéta soixante ans pesamment inutile.
En vain pour délivrer son ombre du tombeau,
On fléchit les beaux arts, on arme leur ciseau.
Son ombre errante au gré de la main qui la guide,
Reparoît sur sa tombe appuyée & stupide :
Le temps attaque encor tous les noms que l'orgueil
Amasse & montre en foule autour d'un vain cercueil.

Que vois-je ! le Savant désarme le tonnerre,
Il poursuit la nature, & du sein de la Terre,
Météore enflammé, repasse dans les airs ;
Par-tout l'œil du génie errant sur l'Univers !
Annibal marche à Rome où Carthage l'envoie ;
Achille menaçant frémit autour de Troie :
La gloire a déchaîné les guerriers inhumains ;
Alexandre s'emporte & frappe les humains.
C'est dans cet âge heureux, ô jeune homme in-
     trépide,
Qu'il faut de tes exploits charger le temps rapide ;
Et tandis qu'il t'entraîne en l'éternelle nuit,
Cours attacher ton nom sur son char qui s'enfuit.

Bientôt abandonnés du feu qui les anime ;
Newton defcend des Cieux , Milton n'eſt plus
   fublime ;
Corneille eſſaye en vain de crayonner Titus ;
Son génie eſt éteint, le grand Homme n'eſt plus.
Le Conquérant déferte aux combats inutile :
- Le Héros appuyé fur un bâton fragile ,
Paifible déformais au fein de fes foyers ,
Rapporte en chancelant fes moiſſons de lauriers,
Il eſt près de l'écueil où fe brife la gloire :
Pour ce dernier combat il n'eſt point de victoire !

Un Vieillard l'autre jour près de fa porte aſſis ,
Avec peine entr'ouvrant des yeux appefantis :
» Je touche au terme affreux qu'aucun mortel ne
   paſſe ,
» Où l'avenir s'enfuit , où le préfent s'efface.
» Dieux ! que l'homme à ce terme eſt bientôt par-
   venu !
» Hélas ! d'auprès de moi mes jours ont difparu
» Comme un fantôme vain fuyant dans la nuit
   fombre !
» Le Dieu qui me les donne en a compté le nombre.

» Ce redoutable Dieu près d'en rompre le cours,

» Tient sans doute en ses mains le dernier de mes
      jours.

» Ce n'est plus pour mes yeux que les fleurs vont
      éclore ;

» Je n'assisterai plus au lever de l'aurore ;

» J'oublirai le Soleil, privé de ses bienfaits :

» Adieu, tristes humains, je vous perds pour jamais :

» Ma couche est préparée & ma tâche est finie,

» Je vais me reposer des malheurs de la vie.

Sans soin de l'avenir, satisfait & joyeux,

Je dépensois les jours que me donnoient les Dieux :

Mais un songe troublant cette heureuse folie,

M'a montré cette nuit le terme de ma vie ;

Et j'ai senti les ans s'appesantir sur moi :

Je me suis éveillé plein de trouble & d'effroi.

Viens me rendre la paix, tendre ami que j'honore ;

Heureux ! à mon réveil je te retrouve encore !

La mort brisant les nœuds dont nous sommes serrés,

Nous renverra bientôt tristement séparés.

Hélas ! dans ce désert où le sort nous rassemble,

Nous n'avons qu'un instant à demeurer ensemble.

F I N.

www.ingramcontent.com/pod-product-compliance
Lightning Source LLC
Chambersburg PA
CBHW061428170626
46811CB00005B/2172